I0551101

Par Sonnerat, d'après Barbier.

Ye

21111

ÉLOGE
DES MARTYRS DE LYON,

PRÉSENTÉ

A SON ALTESSE ROYALE

M.ᵍ LE DUC D'ANGOULÈME

Par A*** S.***, de Lyon;

Suivi d'un MÉLANGE DE POÉSIES, analogues aux circonstances.

Prix, 1 f. 50 c. *broché.*

Se vend à LYON, chez les Marchands de Nouveautés.

Imprimerie de J.-M. BOURSY. 1815.

HOMMAGE

A LA VERTU PERSÉCUTÉE,

DÉDIÉ

AUX VICTIMES DU SIÉGE DE LYON.

Dieu, l'Honneur, et le Roi.

Que la frivolité, qu'enfanta la mollesse,
Prodigue ses joujoux au luxe, à la paresse !
La froide insouciance, à l'œil fixe et serein,
Promène avec lenteur son regard incertain ;
Mais l'homme vertueux qu'enflamme un saint délire,
Se livre avec respect à ce feu qui l'inspire,
Et docile au transport, qu'il a reçu des cieux,
N'offre qu'à la vertu son encens et ses vœux.
Tel de ce feu sacré, sur les rives du Rhône,
Un peuple, électrisé pour l'autel et le trône,
Vit former ses remparts dans l'antique Lyon,
Et fonda le soutien de la Religion.
De l'immoralité le hideux fanatisme
En vain de ses décrets arbora le sophisme ;
Vainement l'anarchie, à l'œil louche et trompeur,
D'un appareil pompeux décréta la terreur....
L'habitant de Lyon, fort de son innocence,
Déploya des vertus l'immortelle constance,
Il repoussa le crime, et rebelle à sa loi,
Soutint avec éclat Dieu, l'honneur, et son Roi.

*

Ainsi jadis le Preux de la chevalerie
Bravait du Musulman la rage, la furie ;
Il arborait la croix, son plus ferme soutien,
Combattait en héros, et mourait en chrétien.
Ainsi le Lyonnais, riche de son courage,
Sut braver constamment la mort et l'esclavage,
Emule de nos preux, de nos anciens guerriers,
Il rougit de son sang ses plus nobles lauriers.
Ah ! des décrets divins respectons la justice !
La vertu succomba sous les efforts du vice....
L'humanité gémit sur son trône abattu,
Et la pitié s'enfuit de ce sol éperdu....
Dirai-je les tourmens, les tortures cruelles,
Que nous firent subir ces hordes criminelles ?
Le pinceau se refuse à tracer les horreurs
Dont frémit la nature, après tant de fureurs.
Révérons à jamais les mânes des victimes,
Dont la constante foi sut résister aux crimes !
L'échafaud, qui fut teint d'un sang pur, immortel,
S'érige en sanctuaire, et devient un autel....
Revers trop douloureux ! ô mortelles alarmes !
Le temps, l'avide temps n'a pu tarir nos larmes,
Le bonheur des Martyrs peut seul de nos regrets
Adoucir l'amertume au milieu des cyprès....

. . . .

O toi, qui des Français fus constamment le père !
Successeur des Henris ! monarque débonnaire,
L. . . ! dont le nom cher fut toujours révéré,
Toi, qu'à bon droit la France a nommé DESIRÉ !

Sur la noble cité jette un regard propice !
Vois un peuple à tes pieds t'offrir le sacrifice
De vingt ans de malheurs, d'un siècle de vertus....
Viens, fais luire à nos yeux les beaux jours de Titus.

. . . .

Victimes, qui gissez en cette auguste enceinte !
Cette plaine par vous devient la TERRE-SAINTE,
La vertu vous guida dans les champs de l'honneur,
La palme des martyrs comble votre bonheur.
Vous sûtes expirer pour DIEU, pour la patrie ;
Nous arrosons de pleurs votre tombe chérie....
Veillez sur nos destins, ô généreux Guerriers !
Que nos tristes cyprès ombragent vos lauriers !

A S. A. R.

MGR LE DUC D'ANGOULÊME,

A SON PASSAGE A LYON.

Fils des rois, dont les traits chéris
D'un Monarque adoré nous retracent l'image !
L'Auguste Fille de LOUIS
Partage des vertus le céleste apanage
Avec l'hériter des HENRIS :
Daignez agréer notre hommage ;
Les tendres vœux des Lyonnais soumis !
Dans votre exil, nous pleurions votre absence
Sur les débris des temples abattus,
A la voix du nouveau TITUS,
Nous célébrons votre présence :
Ah ! puissent nos heureux transports,
Vous dépeignant notre allégresse,
Exprimer à vos yeux notre vive tendresse !
Daignez sourire à nos efforts !
D'un règne glorieux consacrant le présage,
Nous offrons nos vœux, nos accords
Au plus grand ROI, comme au plus sage.

LE VINGT-UN JANVIER.

SONNET

Dédié aux mânes du Roi Martyr.

———————

O France, revets-toi de tes crêpes funèbres !
Adresse au Créateur tes lugubres accens,
Qu'un deuil universel répande ses ténèbres,
Et que le repentir épure ton encens !

C'est aux pieds des autels, que l'auguste victime
Veut présenter à Dieu le remords des Français ;
Sa clémence nous laisse encor le soin sublime,
A force de vertus, d'effacer nos forfaits.

O toi, qui du séjour de la gloire immortelle,
Veille sur la Cité qui te resta fidèle !
Nous t'adressons nos vœux, au milieu des cyprès,
Du pieux SAINT-LOUIS la céleste couronne
Consigne dans nos cœurs les droits qu'elle te donne,
Que nos pleurs, nos soupirs, te peignent nos regrets !

LES VŒUX D'UN FRANÇAIS.

___

AIR *d'une caresse.*

Servir son Dieu, servir son Roi,
Des Francs c'est le plus doux servage ;
Aimer est la première loi
Qui puisse embellir notre hommage :
Des preux, nos anciens compagnons,
Imitons la noble franchise !
Que Dieu, l'honneur, et les Bourbons } *bis.*
Soient à jamais notre devise !

Affranchir son pays chéri
Du joug affreux de l'anarchie,
Obéir au fils de HENRI
Pour la gloire de la Patrie,
C'est le devoir d'un bon Français ;
Pour lui, la France est toujours chère,
Si Dieu couronne nos succès, } *bis.*
Nous lui rendrons bientôt un père.

Lorsque le crime est aux abois,
La vertu reprend son empire,
Le juste retrouve sa voix,
Et l'innocence enfin respire ;
De la vertu qui suit la loi,
Trouve dans lui sa récompense :
« Servir son Dieu, chérir son Roi, » } *bis.*
Des Français c'est la jouissance.

EPITRE
AUX DAMES.

Honni soit
Qui mal y pense.

Sexe charmant, sexe volage !
Vous dominez sur tous les cœurs :
En tous pays comme à tout âge,
Vos attraits sont toujours vainqueurs.

ÉPITRE AUX DAMES.

O vous dont le nom seul porte au fond de notre ame
Un intérêt touchant qui l'agite et l'enflamme !
FEMMES, souffrirez-vous que je chante en mes vers
Vos graces, vos talens, et même vos travers ?
Oui, vos travers ; je veux vous voir comme vous êtes ;
Nous vous aimerions moins si vous étiez parfaites,
Et vous iriez vous-mêmes arracher les pinceaux
A la main qui voudrait vous peindre sans défauts ;
Ne craignez pas pourtant qu'envers vous l'injustice
Du fouet de la satyre arme ma main novice !
Je sais que maint auteur déshonorant sa voix
Sur vous de l'épigramme épuisa le carquois ;
D'autres, plus dangereux, dans leurs sottes grimaces,
De leurs froids madrigaux ont affadi vos graces ;
Entre ce double écueil, heureux qui peut marcher !
Il est certains objets qu'à peine on doit toucher ;
Et je sais comme vous, couvrir d'un égal blâme,
Et l'amant furieux, qui, trahi dans sa flamme,
Se venge en vers malins, du trait qui l'a blessé,
Et l'amant maladroit, qui, par vous délaissé,
Incapable d'éteindre un feu qui le dévore,
Vous prie à deux genoux de le tromper encore ;
Ne peut-on donc vers vous se frayer un chemin
Que l'insulte à la bouche, ou l'encens à la main ?
Pour moi, j'aime à gémir sous le poids de vos chaînes,
Je respecte dans vous jusques à vos migraines ;

Vos attaques de nerfs, vos amours passagers,
Vos modes, vos vapeurs, vos caprices légers,
Tous ces secrets d'état ont besoin du mystère,
Et pour l'honneur commun sur eux je veux me taire ;
J'y crus, et c'est assez pour que mes vers décens
N'outragent point l'autel où fuma mon encens;
Quel reproche, après tout, a-t-on droit de vous faire ?
A vos accusateurs qu'on ouvre la barrière !
Que leur haine féconde, en argumens subtils
S'explique sans détour ! voyons, que diront-ils ?
Que vos cœurs sont formés de ce métal mobile
Qui dans son tube étroit, d'un mouvement agile,
Ou s'élève, ou s'abaisse au gré des élémens ;
Que vous prenez toujours'pour tracer vos sermens
La plume dont NINON écrivait à LACHATRE ;
Que votre esprit léger, de la mode idolâtre,
Dans les nœuds d'une gaze ou le plis d'un mouchoir
Perd un temps qu'il devrait consacrer au devoir;
Qu'enfin, l'amour chez vous, bien loin d'être un mystère,
N'est qu'un frivole échange, où l'ame est étrangère;
Qu'un jeu de pur hasard où la saine raison
Confond dans son mépris la dupe et le fripon:
Tels seront leurs discours; ils jugent la surface,
Mais au fond de vos cœurs sait-on ce qui se passe ?
A-t-on pour vous juger, la clef de vos secrets?
Pouvons-nous vous blamer du soin de vos attraits?
Nous, dont le faible cœur dans vos filets s'enlace
Par l'effet d'un ruban que l'art noue avec grâce ;
Et loin de critiquer vos changeantes amours,

Chacun de nous enfin, ne doit-il pas toujours
Garder, grace à vos soins, la flatteuse espérance
Qu'il ne peut échapper, et que son tour avance;
FEMMES, n'en doutez pas, j'aurais été jaloux
De louer avant tout, ce que j'admire en vous;
A vos simples vertus, oui j'aime à rendre hommage,
Dans vos ames sur-tout j'admire le courage;
J'ai vu votre constance au sein de la douleur
Sortir avec éclat du creuset du malheur;
J'admirais, j'ignorais où vous puisiez l'adresse
D'allier tant de force avec tant de faiblesse;
Quoi! disais-je, ce front qu'un éclair fait pâlir,
Ce cœur qu'un seul reproche aurait fait défaillir;
Ces nerfs si délicats, dont la fibre agacée,
Du souffle d'une abeille aurait été blessée,
Animés tout-à-coup d'un magique pouvoir,
Quand notre ame s'abat sous un froid désespoir,
Semble dans le malheur reculer la limite
Qu'à nos plus grands efforts la nature a prescrite!
Oui, j'admire dans vous ce triomphe éclatant,
Et je l'avoue, à voir ce contraste frappant
Je suis toujours tenté de vous croire deux ames;
L'une, s'ouvrant sans cesse aux passagères flammes,
Aux feux folets des sens, aux caprices jaloux,
A tous ces faux plaisirs, si voisins des dégoûts;
L'autre (réduit sans tache), où la volupté pure
Embellit le devoir, sans blesser la nature,
Et dans le sein duquel habitent de moitié
L'estime de soi-même, et la sainte amitié;

Pour nous vaincre, c'est là que vous prendrez des armes,
C'est là qu'est votre force; on résiste à vos charmes,
Mais on cède aux vertus que la grace embellit,
Aux attraits d'un bon cœur, à ceux d'un bon esprit;
Ainsi, vous ravissez à l'homme son empire;
Empire dont souvent votre orgueil doit sourire;
Car, où sont ces tyrans si fiers, si décriés,
D'un bout du monde à l'autre on les trouve à vos pieds,
Se jouant dans vos fers, riant de leur posture;
Ce n'est pas seulement aux lieux où la nature
D'incarnat et d'albâtre a pétri vos minois,
C'est à tout l'univers que vous dictez des lois;
Aux murs où des Soudans (*) la majesté respire,
Pour un nez retroussé, je vois trembler l'empire;
Sur les bords du Kiang (**) je vois le Mandarin
Tomber aux pieds pointus des dames de Pékin;
Le Lapon tout transi, dans ses traineaux s'élance
Pour plaire à deux yeux ronds qui déplairaient en France,
Et le roi de Pégu ne s'avance aux combats
Qu'enflammé par l'objet dont les mornes appas
S'embellissent pour lui, d'un noir luisant d'ébène;
Eh bien! dans ces climats, comme aux bords de la Seine,
A Paris, à Pékin, votre empire est si doux,
Que lorsqu'on suit vos lois, on croit suivre ses goûts;
Mais d'un nouveau grief j'entends qu'on vous accuse,
Quelques hommes jaloux d'un jeu qui vous amuse,

(*) Successeurs du Calife.
(**) Rivière de la Chine.

Ferment à vos efforts le champ libre des vers,
Ils disent que vos doigts peu faits à ce travers
Ne doivent de Minerve occuper que l'aiguille ,
Que vos talens sont faits pour briller en famille ;
Que SAPHO dans son art, de PHAON dédaigné,
N'eut jamais le bonheur que goûtait SÉVIGNÉ,
Quand, sans art exprimant de touchantes alarmes,
Ses lettres à sa fille allaient porter ses larmes....
Il est dans ce reproche un peu de vérité,
Mais j'y crois voir aussi trop de sévérité ;
Vous défendre les vers est un arrêt barbare,
L'encre sied à vos doigts, quoi qu'en dise Pindare,
Si vous vous contentiez d'inspirer nos chansons,
Qui donc pourrait chanter ce que nous inspirons ?
Mieux que nous, votre main par les graces guidée
Sait d'une image fraîche envelopper l'idée,
Du fond de votre cœur les vers semblent couler,
En vous lisant, on croit vous entendre parler,
Et cette illusion, où le lecteur s'oublie,
Doit fléchir sa critique, ou la rendre polie ;
Objets doux et cruels, dont notre œil est flatté,
Assemblage de force , et de timidité,
De souffrance et d'orgueil, d'astuce et d'innocence,
Vous, dont les faibles mains sèment notre existence
De joie et de tourmens, de fleurs et de poisons ;
Vous, qui nous désolez et que nous chérissons !
De l'homme tour-à-tour idoles et victimes,
Sources de ses Vertus,.... quelquefois de ses crimes !
Le ciel en vous formant, embellissait pour nous

Le vase dans lequel, oubliant ses dégoûts,
La faible humanité, sur ses maux étourdie,
Boit le breuvage amer, qu'on appelle la vie;
Oui, je plains le mortel qui ne vous connaît pas,
Qui ne serra jamais de femme dans ses bras,
Et dont l'ame fermée au désir de vous plaire
N'a jamais éprouvé le tourment nécessaire
D'aimer, même privé de l'espoir d'être aimé;
Il vieillit seul, d'ennuis, de regrets consumé,
Fuyant partout l'amour.... L'amour! douce folie!
Episode trop court du roman de la vie!
Enfin, sans que son cœur qui s'use tristement,
Se soit jamais ouvert au feu du sentiment,
Sans que les noms si doux et d'époux et de père
Viennent le ranimer à son heure dernière,
Il s'éteint.... A sa mort aucune femme en deuil
Ne va de ses sanglots escorter son cercueil;
Un enfant éploré, sur la pierre fatale
N'ira point exhaler sa douleur filiale,
A peine verra-t-on son cortège isolé,
Entraîner à sa suite un ami désolé,
Dont le regret fidèle à la tombe accompagne
La cendre du mortel.... qui vécut sans compagne.

DIALOGUE
ENTRE LA PROSE ET LA POÉSIE.

La Prose.

Je ne sais d'où vient ta fierté,
Ma sœur.

La Poésie.

Et je ne sais moi-même,
D'où te vient cette audace extrême.
Tu m'appelles ta sœur! Quelle est ta vanité?
Moi ta sœur? moi, sœur de la prose?

La Prose.

Vraiment voici bien autre chose,
Quoi! tu n'es pas ma sœur?

La Poésie.

Non, je ne la suis pas....
Penses-tu que mon sang jusqu'à toi se ravale?
Ah! si j'étais ta sœur, tu serais mon égale.

La Prose.

Par cette égalité qui t'alarme si fort,
Je ne sais qui de nous serait mieux partagée,
Toutes deux en naissant, nous eûmes même sort,
Et tu n'es, tout au plus, qu'un peu mieux arrangée.

2

La Poésie.

Non, ma naissance vient des Cieux ;
Je me vois tous les jours, malgré ta jalousie,
Assise à la table des dieux :
Comme eux, je me nourris de nectar, d'ambroisie ;
Et ma gloire est assez reconnue en tous lieux.

La Prose.

Ne reviendras-tu point de cette frénésie ?
Car enfin tu me fais pitié,
Et je voudrais te rendre sage
Par un trait de bonne amitié :
Tu veux des immortels affecter le langage,
C'est un entêtement fatal,
Et tu l'entends si peu, tu le parles si mal,
Qu'aux sifflets du public ta sottise t'expose.

La Poésie.

Si je le parle mal, je n'en suis pas la cause,
Certains méchants auteurs m'habillent de travers ;
Mais entre nous, s'il est de méchans vers,
Il est bien de méchante prose.

La Prose.

J'en conviens, comme toi je me plains des auteurs,
Ils me rendent souvent d'assez mauvais offices,
Je parle de certains novices
Qui prennent le ton de docteurs,

Dès qu'ils sont sortis du collége ;
Chacun pour son argent obtient un privilége,
On trouve au même prix des marchands, des lecteurs
    Et par fois, des approbateurs :
    Mais ne sortons pas de la thèse.
    Tous ces auteurs, ne t'en déplaise,
    Ne sont ni pour, ni contre nous:
N'examinons ici que notre seul mérite !
    Pourquoi traite-tu de jaloux
Des sentimens d'amie, où la pitié m'invite?
    Qui de nous parle mieux raison?
Tu sais que ton langage est taxé de folie,
Qu'on n'entend presque rien à ce pompeux jargon ;
    Que la sombre mélancolie,
    Où ton ame est ensevelie,
Te fait prendre un essor souvent hors de saison ;
Ah ! pour parler aux dieux, sers-toi de ce langage!
Vante en termes guindés, l'honneur de leurs autels
    Mais pour parler à des mortels,
Ne montre qu'un éclat qui soit à leur usage !

La Poésie.

    Je t'ai long-temps laissé parler,
    Pour voir jusqu'où pouvait aller
    Ce langage plein d'insolence ;
Mais si je différais à t'imposer silence,
    Tes outrages iraient trop loin.
    Tu me dis, en fidèle amie,
Que la pitié t'invite à guérir ma folie:

Tu pourrais t'épargner ce soin,
Car, tel qui de folle me traite,
Voudrait devenir fou, pour devenir poëte ;
La folie est noble à ce prix.
Combien en connais-je à Paris
Qui voudraient renoncer à leur froide sagesse,
Pour cet élan délicieux,
Pour cette docte et sainte ivresse,
Qui prend son essor vers les cieux,
Dont elle tient son origine?
Car ils savent qu'elle est divine ;
Mais ne pouvant s'approprier
Un langage qui les surpasse,
Ils prennent après leur disgrace
Le parti de me décrier :
Cependant, comme le plus sage
A des faiblesses quelquefois,
Sitôt qu'ils sont rangés sous d'amoureuses lois,
Ils ont recours à mon langage,
Dont tu dis que l'éclat n'est pas à leur usage.

La Prose.

Il est vrai, j'en conviens, tu fais rage en amour,
Je te cède cet avantage,
Et pour t'insinuer, tu prends un certain tour
Que je n'attrape qu'avec peine;
Et c'est apparemment ce qui te rend si vaine.
Mais si je te parlais avec sincérité,
Tu rabattrais beaucoup de cette vanité,

Et je n'aurais pour te confondre.....

La Poésie.

Eh ! que pourrais-tu me répondre !

La Prose.

Je dirais que l'amour sympathise avec toi,
Que vous êtes tous deux dans une même école,
Et que si dans le monde on te traite de folle,
    Il est en même odeur que toi.
En effet, pour parler de langueur, d'esclavage,
Pour savoir en soleil transformer deux beaux yeux,
    Il ne peut rien faire de mieux
Que de parler toujours ton bizarre langage.
Pour moi, loin d'emprunter un si vain ornement,
    Je parle naturellement,
Et je suis en amour d'une disette extrême,
    Car enfin, tel est mon destin,
    Qu'après avoir dit : *je vous aime*,
    Je suis au bout de mon latin.

La Poésie.

Ainsi donc tu conviens que sur toi je l'emporte,
    Du moins en amour ?

La Prose.

    Que m'importe ?
Je trouve bien ailleurs à me dédommager.

La Poésie.

Cependant sans l'amour tout languit dans la vie ,
Tu devrais moins le négliger.

La Prose.

Il a besoin de moi, quand il m'en prend envie.

La Poésie.

En quoi?

La Prose.

L'ignores-tu? toi qui descends des Cieux?
Peux-tu méconnaître les dieux?
L'hymen est-il banni de leur brillant empire?

La Poésie.

Non : mais par-là , que veux-tu dire?
Et de tous ces grands mots quel est le résultat?

La Prose.

Moi, je ne veux dire autre chose,
Sinon, que pour l'hymen il faut un bon contrat,
Et qu'un contrat se fait en prose :

La Poésie.

Quoi ! toute ta puissance au contrat se réduit!
Va, je n'y porte point envie,
Fût-ce avec l'aimable SYLVIE;
Et si de la sagesse il n'est point d'autre fruit,

J'aime mieux garder ma folie;
Un contrat!... Ce nom seul, la terreur des amans!
Va leur glacer le cœur, si-tôt qu'on le prononce,
Et leurs plus rigoureux tourmens
Sont moins durs que cette réponse.
L'hymen, tu le sais bien, détruit en un seul jour
Tous les prestiges de l'amour.

La Prose.

Pour soutenir tes avantages,
Ton babil importun ne tarirait jamais.

La Poésie.

Je ne dis plus qu'un mot, après quoi je me tais:
» Il est beaucoup de foux, il est bien peu de sages »
Ergò, je l'emporte sur toi,
Puisque j'aurai toujours pour moi
La pluralité des suffrages.

LE CHÊNE ET L'ORMEAU.

FABLE ALLÉGORIQUE.

Un jeune ormeau, nouvellement planté,
Fier de son verdoyant feuillage,
D'un chêne son voisin persiflait le grand âge,
Et se moquait de sa caducité.
Mais bientôt l'horizon se couvre d'un nuage,
Précurseur d'un sinistre orage :
L'aquilon déchaîné s'annonce en mugissant,
Sous les coups du tonnerre on voit le pin fumant,
Et déjà l'on craint le ravage
Du ruisseau devenu torrent.
Le doyen des forêts, levant sa tête altière,
Dont le front sourcilleux peut braver le tonnerre,
Résiste à la fureur du vent,
Tandis que notre ormeau tremblant
Auprès de son voisin et s'incline et s'abaisse
Pour obtenir un abri protecteur
Qui puisse étayer sa faiblesse.
Le chêne oubliant tout, l'accueille avec douceur,
De son jeune voisin prend un soin défenseur,
Et lui fait de son tronc un appui tutélaire ;
Mais la foudre redouble, et l'orgueilleux ormeau,
Bientôt couché sur la poussière
Est frappé sur sa tige, et descend au tombeau.

Cette leçon , trop fougueuse jeunesse ,
Vous offre un trait dicté par la sagesse ;
N'insultez pas aux cheveux blancs !
Sachez respecter la vieillesse,
Et sans en abuser , profitez du bon temps !

AUX JACOBINS.

Clubiste déhonté, dont la crasse ignorance
Voulait éterniser le tyran de la France !
» Quelle rauque Grenouille, au milieu de ses joncs »
» Te donna de son art les premières leçons ? »
Les mots de liberté, de fausse indépendance
Dans tes fougueux écrits proclament la licence,
Tu voulais sur le trône asseoir l'usurpateur,
Dans son petit marmot fonder un successeur ;
Bannissant les Bourbons de la France asservie,
Nous courber sous le joug de l'affreuse anarchie,
Et propageant les noms des *Danton*, des *Marat*,
Sous *Arlequin Cromwel* assujettir l'état ?
Mais le ciel, trop touché des malheurs de la France
Fit cesser nos revers par un trait de clémence,
Et du *Corse* enchaîné renversant les complots,
Nous ramène LOUIS, pour terminer nos maux :
O fils de SAINT-LOUIS ! embellis ta carrière !
Les Français corrigés, rangés sous ta bannière,
Adoreront un Roi, dont les nobles vertus
Font revivre *Trajan*, *Marc-Aurèle* et *Titus* :

Déjà de toutes parts , sous le saint Oriflamme ,
D'un amour vertueux chaque Français s'enflamme ,
Le peuple avec plaisir voit un Roi révéré,
Et proclame par-tout LOUIS LE DESIRÉ :
O Paix, fille des cieux, viens embellir la France !
De tes rameaux sacrés étends la bienfaisance !
Que le Français soumis à ta divine loi,
S'écrie avec transport, VIVE A JAMAIS LE ROI !

LE BELLÉROPHON,
Ayant BONAPARTE à son bord.

ACROSTICHE.

Bonaparte se rend... Peuples, brisez vos fers !
En vain de ses exploits étonnant l'univers,
La victoire souvent l'ombragea de ses ailes ;
L'enfer ouvre pour lui ses voûtes éternelles...
Ennemi des Bourbons, il causa leurs malheurs,
Rois, tremblez sur le trône, et craignez les flatteurs !
On ne peut rendre heureux un peuple par la guerre,
Paix ! adorable paix, viens consoler la terre !
Honneur au Fils d'Henri, qui vient nous délivrer !
On chérira ses lois, on doit les révérer :
Napoléon, tu meurs par un coup de tonnerre.

LE POINT DU JOUR.

Air *de la Romance.*

Le point du jour
Du vrai bonheur nous donne l'espérance,
Quand le lys offert par l'amour,
Cultivé par le Troubadour,
D'un Roi nous peint la bienfaisance,
Au point du jour. (*bis.*)

Beau Troubadour !
Réveillez-vous, reprenez votre lyre ?
Il faut célébrer en ce jour
Les plaisirs, les transports d'amour
Qu'un Roi *désiré* nous inspire,
Beau Troubadour ! (*bis.*)

Fille des Cieux !
Divine paix ! viens embellir la France !
Fais briller tes traits à nos yeux !
Quand Louis rend son peuple heureux,
Ah ! qu'il le soit par ta présence !
Fille des Cieux ! (*bis.*)

Au point du jour,
Je veux chanter les vertus de MADAME.
Tout bon Français doit en ce jour
Lui témoigner son tendre amour,
Les purs sentimens de son ame,
Au point du jour. (*bis.*)

LE CHAMP DE MAI.

Air : *Le premier pas.*

Au champ de Mai
Le tendre amour m'appelle ;
J'y veux chanter la belle que j'aimai.
A mon serment je resterai fidelle :
Ce doux serment, mon cœur le renouvelle
Au champ de Mai. (*bis.*)

Qu'elle a d'appas !
Celle que mon cœur aime !
Le lys renaît, et brille sur ses pas.
Du vrai bonheur cette fleur est l'emblême ;
Elle fleurit sous les traits d'Angoulême.
Qu'elle a d'appas ! (*bis.*)

A sa vertu
Cet ange tutélaire
Doit tout l'éclat d'un règne interrompu.
Tout bon Français, sous un Roi débonnaire,
Se plaît à rendre un hommage sincère
A sa vertu. (*bis.)*

Fille des Rois,
Viens embellir la France !
Nous sommes fiers de vivre sous tes lois.
Fais-y régner la paix et l'abondance !
Comble nos vœux, notre douce espérance,
Fille des Rois ! (*bis.*)

Au champ de Mai
Offrons un sacrifice !
Dieu des combats, protège les Français !
A la vertu que ton bras soit propice !
Lance tes traits pour foudroyer le vice
Au champ de Mai ! (*bis.*)

LA GUERROMANIE.

Air : *Gai, gai, marions-nous.*

« Amis de la guerromanie,
» Apprêtez sabres et fusils !
» Suivons l'élan de la folie,
» A guerroyer soyons subtils !
» Gai, gai, serrons les rangs !
» Suivons de Mars le génie.
» Gai, gai, serrons les rangs,
» Livrons la guerre aux tyrans !

» Invoquons de la discorde
» Le flambeau trop infernal !
» Aux amis de la concorde
» Livrons un cartel fatal !
» Gai, gai, serrons les rangs,
» Sachons grossir notre horde !
» Gai, gai, serrons les rangs,
» Nous deviendrons conquérans.

» Sous le feu de la mitraille
» Exposons tous nos enfans !
» Et sur le champ de bataille
» Comptons leurs débris sanglans !
» Gai, gai, nos bataillons,
» Au sortir d'une ripaille,
» Gai, gai, nos bataillons
» Feront ronfler les canons. »

C'est ainsi que l'anarchie
Aiguisait ses traits piquans ;
A notre chère patrie
Apprêtait des fers sanglans.
Gai, gai, serrons les rangs,
Soutenons la monarchie.
Gai, gai, serrons les rangs,
Rendons ses efforts puissans !

Au gré de nos vœux sincères
Le Ciel nous rend un Bourbon.
Français, dans ces jours prospères,
Chantons ce glorieux nom !
Gai, gai, rallions-nous
Auprès du meilleur des pères !
Gai, gai, rallions-nous,
Serrons de Mars les verrous !

O paix long-temps désirée !
Viens accomplir nos désirs !
Sur notre belle contrée
Sème les jeux, les plaisirs !

Gai, gai, chantons la paix,
Goûtons les présens d'Astrée.
Gai, gai, chantons la paix,
Jouissons de ses bienfaits !

LE RETOUR DES BOURBONS.

RONDE.

Air de la Gavotte.

Bons Français ! -- Livrez-vous à l'allégresse !
A nos yeux --- Luit l'aurore des beaux jours ;
D'un bon Roi --- La vive et pure tendresse
Près de nous --- Ramène enfin les amours.
     Eh ! gai, gai, gai, mordié,
     Brisons nos armes !
     De la paix à jamais
     Savourons les charmes !
     Amis, plus d'alarmes,
     Soyons toujours gais !

Des Bourbons -- Tige auguste et révérée !
C'est par vous --- Que renaît le vrai bonheur,
Ramenant ------ Les jours paisibles d'Astrée,
Vous fixez ------ Tous vos droits sur notre cœur.
     Eh ! gai, gai, gai, mordié,
     Brisons nos armes, etc.

Tendre amour! - Qu'un feu divin nous enflamme !
Célébrons ------ Des Bourbons l'heureux retour !
En chantant ---- Vive Louis et MADAME !
Que leurs noms - Embellissent ce séjour !
Eh ! gai, gai, gai, mordié,
Brisons nos armes, etc.

A grands flots, -- Mes amis, que le vin coule !
Portons tous ---- La santé de notr' bon Roi !
Puisse-t-il ------- Des heureux grossir la foule,
En voyant ------- Que nous chérissons sa loi !
Eh ! gai, gai, gai, mordié,
Brisons nos armes, etc.

Partisans ------- D'une fausse indépendance !
Abjurez -------- Ce chimérique parti !
Vous verrez ----- La paix avec l'abondance
Refleurir --- ----- Sous un monarque chéri.
Eh ! gai, gai, gai, mordié,
Brisons nos armes !
De la paix à jamais
Savourons les charmes !
Amis, plus d'alarmes,
Soyons toujours gais !

LA CONTRE-DANSE.

Grand rond.

Chantons vivent les Bourbons !
     Chers compagnons
     De la monarchie !
Vive à jamais de LYON
     Tout bon luron
     De bonne opinion !

Queue de chat.

Les agens de l'anarchie
     Sous un tyran pervers,
Sur notre chère patrie
Faisaient peser des fers.
     O revers !

Défaites la chaîne !

Chantons, etc.

Mais à l'île Sainte-Hélène
     Le Corse est éconduit,
Des rats la souveraine
Lui conserve un réduit.
     Plus de bruit !

Chassé, croisé à l'Anglaise.

Chantons, etc.

Du lys tige glorieuse,
Successeurs des Henris !
Revoyez la France heureuse
Sous l'empire des lys
     Refleuris !

Grande Walse allemande.

Chantons, etc.

Tourbillon des Dames.

Reprends ton antique gloire ,
 Sous Louis désiré !
France , revois la victoire
Suivre un Roi révéré ,
   Adoré !

Le grand rond. Chœur général.

Chantons vivent les Bourbons !
 Chers compagnons
 De la monarchie !
Vive à jamais de Lyon
 Tout bon luron
 De bonne opinion !

LA SENTINELLE DES BOURBONS.

Air *de la Sentinelle.*

Braves Français, amis de votre Roi !
Qui des vertus avez donné l'exemple !
Quand sous le lys vous respectez la loi,
Avec transport l'univers vous contemple.
 Sous le panache de Henri ,
 De l'honneur suivons la bannière !
 Et dans un monarque chéri, (*bis.*)
 Révérons un prince, un bon père !(*bis.*)

En abattant un tyran détesté,
De ses sujets Louis tient son empire,
Il reparaît.... et déjà sa bonté
Le fait régner sur tout ce qui respire.
  Dans son exil il a tout vu,
  Il y puisa l'expérience.
  Son cœur formé par la vertu *(bis.)*
  Ne veut oublier que l'offense. *(bis.)*

Bons Lyonnais, oubliez vos revers !
A ce grand Roi présentez votre hommage !
En opposant vos vertus aux pervers,
A leurs complots opposez le courage !
  Quand le Ciel vous rend un Bourbon,
  Imitez sa noble clémence !
 » A l'injure offrir un pardon, *(bis.)*
  Du Lyonnais c'est la vengeance. *(bis.)*

Fils de Henri ! reçois nos vœux ardens !
D'un règne heureux éternise la gloire !
Nos cœurs, nos bras, et ceux de nos enfans
Sauront fixer près de toi la victoire.
  Que le Ciel de tes jours heureux
  File la trame fortunée,
  Et de ton règne glorieux *(bis.)*
  Embellisse la destinée ! *(bis.)*

★

LA SYBILLE DE 1815.

Air : *Va-t-en voir s'ils viennent, Jean.*

On dit que Napoléon
   Reprend la couronne,
Pour chasser Louis Bourbon
   De France et du trône.

« Soyez le bien venu, Nicolas, on vous prépare la sainte
» crême à la glace. »

Va-t-en voir s'ils viennent, Jean,
   Va-t-en voir s'ils viennent !

On doit faire son portrait
   A la Silhouette,
On connaîtra trait pour trait
   Père La Violette.

« Ah ! qu'il est beau ! qu'il est vermeil ! on voit bien
» qu'il est rasé de frais. »

Va-t-en voir, etc.

A la couronne de fer
   Pluton se rallie,
Pour abandonner l'enfer
   Au roi d'Italie.

« Ce sera le département des Cyclopes, depuis long-
» temps il travaille à le peupler. »

Va-t-en voir, etc.

Des Attila , des Néron
    Le règne prospère ,
Bientôt dans Napoléon
    Va nous rendre un père.

« Ah ! le bon petit Papa ! il est comme Saturne , qui
» dévore ses enfans ? »

    Va-t-en voir , etc.

———————

Du Corse chaque espion ,
    Va de ville en ville ,
Pour faire sur lui, dit-on,
    Parler la Sybille.

« Ah ! contez-nous donc çà , mère Lajoie , le prétendu
» sera-t-il pendu ? ou restera-t-il tondu ! — Ah ! mes
» enfans , mes chers enfans ,
    » L'enfant gâté de la victoire ,
    » Reviendra tout couvert de gloire....»

    Va-t-en voir , etc.

———————

Des Turcs , des Grecs , des Persans ,
    L'immense cohorte ,
Bientôt au chef des tyrans ,
    Doit ouvrir la porte.

« Donnez-vous la peine d'entrer, MM. les Moustaphas
» à longue barbe , on vous rasera, l'eau est chaude. »

    Va-t-en voir , etc.

———————

Eléphans, rhinocéros,
        Chameaux, dromadaires,
Viendront le sac sur le dos,
        Boire à nos rivières.

« MM. les Gens à gros dos, faites-nous l'amitié de
» boire un coup au Rhône ! n'emportez pas la tasse, elle
» peut servir à d'autres.

        Va-t-en voir, etc.

———————

Mères, et bons paysans,
        Le chef de l'Empire
Prendra bientôt vos enfans
        Pour les faire cuire.

« Ah ! Monsiu ! y vaudrait ben mieux mettre le diable
» en broche, nos effans se chargeriont bien de la tourner
» eux-mêmes. »

        Va-t-en voir, etc.

———————

Graces à Napoléon,
        Nous verrons la France
Changer en chair à canon,
        Notre pauvre engeance.

« Ahi povero Capigy ! Tâchons plutôt de fondre ces
» vilains canons en cloches, et lui en mettre une paire à
» l'oreille, en guise de pandelocques. »

        Va-t-en voir, etc.

———————

Adieu donc, triste raison !
La guerromanie
Va rendre à la Nation
De Mars le génie.

« O temple de Janus ! tes portes se fermeraient-elles
» pour toujours ! »

Va-t-en voir, etc.

———————

Viens à nous, aimable paix !
Quitte l'Empirée !
Viens prodiguer aux Français
Les bienfaits d'Astrée !

« O Fille des Cieux ! viens répandre la joie et le bonheur
» sur notre belle France ! Viens combler les désirs d'un
» bon peuple ivre de joie de posséder enfin son bon Roi ! »

Ah ! je vois qu'ils viennent, Jean,
Ah ! je vois qu'ils viennent.
Puisqu'ils viennent, reviens-t-en,
Car je vois qu'ils viennent.
Ah ! je vois qu'ils viennent, Jean,
Ah ! je vois qu'ils viennent.

LES IDÉES LIBÉRALES.

Air *de la Croisée.*

Damis rencontra l'autre jour
  La belle Célimène,
Et tout en lui parlant d'amour,
  Au boudoir il l'entraîne ;
Il y dérangea sans façon
  Gazes, chiffons, perkales.
» Ah! fi ! Monsieur, finissez donc
  »« Vos idées libérales ! » (*bis.*)

De Mondor le gros financier,
  Qui ne connaît l'allure ?
Près de lui chaque grimacier
  Veut tenter l'aventure :
L'ambitieux et l'intrigant
  Y portent leurs sandales :
On lui donne pour son argent
  Des idées libérales. (*bis.*)

Damon brigue-t-il un emploi?
  Il va trouver Céphise :
« Si vous daignez parler pour moi,
  » Je vous ferai marquise. »
La belle répond aussitôt,
  Sans aigreur, sans scandale,
Vous-même portez au plus sot
  Votre idée libérale ! (*bis.*)

Dorilas, pour fixer son sort,
  Joue à la loterie,
Mais la fortune a toujours tort
  Pour celui qui s'y fie.
En vain veut-il se confier
  A sa roue infernale,
On lui paie avec du papier
  Son idée libérale ! (*bis.*)

Philidor par quelques couplets
  Croit remplacer Voltaire,
On lui prouve par des pamphlets,
  Qu'il aurait dû se taire.
Que de poètes de bon ton,
  Montés sur Bucéphale,
Ont enivré *Napoléon*,
  Par une idée libérale ! (*bis.*)

O mes amis! conservons bien
  Notre philosophie!
N'avoir jamais souci de rien,
  Est l'ame de la vie.
Au sein des paisibles amours,
  D'humeur franche et loyale,
Sachons nous garantir toujours
  D'une idée libérale ! (*bis.*)

LA CONSOLATION.

Air : *C'est ce qui me console.*

Quand la France était aux abois,
Nous étions sans force, sans voix,
    C'est ce qui me désole. (*bis.*)
Mais aujourd'hui sous un bon Roi,
Chacun se soumet à sa loi,
    C'est ce qui nous console. (*bis.*)

Dans un siècle trop corrompu
On persécutait la vertu,
    C'est ce qui nous désole. (*bis.*)
Mais enfin le crime réduit,
De ses forfaits cueille le fruit,
    C'est ce qui me console. (*bis.*)

Un Corse toujours guerroyant,
A la mère enlevait l'enfant,
    C'est ce qui nous désole, (*bis.*)
Sous un Roi pacificateur,
Nous aurons la paix, le bonheur,
    C'est ce qui nous console. (*bis.*)

L'abeille desséchait le lys,
Les braves étaient avilis,
    C'est ce qui nous désole. (*bis.*)
Du Ciel par le plus beau des dons,
Nous voyons régner les Bourbons,
    C'est ce qui nous console. (*bis.*)

Jadis sous un sceptre de fer,
La France éprouvait un enfer,
    C'est ce qui me désole ; (*bis.*)
Le Ciel, en ces heureux instans,
Rend un bon père à ses enfans,
    C'est ce qui nous console. (*bis.*)

L'ambitieux, les intrigans
Déplaçaient les honnêtes gens,
    C'est ce qui nous désole ; (*bis.*)
Mais nous voyons à la vertu
Que chacun paye son tribut,
    C'est ce qui nous console. (*bis.*)

O vous, que le Cieux irrités
Contre la France ont suscités !
    C'est ce qui nous désole ! (*bis.*)
Adorez l'empire des lys,
Et chantez, avec nous, Louis !
    C'est ce qui nous console. (*bis.*)

Par ton exil, Roi désiré,
Tout Français eut le cœur navré,
    C'est ce qui nous désole. (*bis.*)
Nous pouvons chanter en ce jour,
VIVE LE ROI ! vive l'amour !
    C'est ce qui nous console. (*bis.*)

LA SAINTE BARBE.

Couplets dédiés à MM. les Canonniers de la Garde Nationale de Lyon.

Air : Aussitôt que la lumière.

Que la trompette guerrière
Rassemble nos Canonniers !
Au nom de la ville entière,
Chantons ces vaillans guerriers !
Si l'on tente, à notre barbe,
De fouler le droit des gens,
Le feu de la sainte Barbe
Fera sauter les brigands. } *bis.*

Ne craignons plus les entraves
Sous le meilleur de nos Rois !
Quand l'élite de nos braves
A signalé ses exploits,
La clémence d'un bon maître
Pardonne au vil intrigant ;
Mais du bronze le salpêtre
Sait foudroyer le méchant. } *bis.*

Que chacun de nous s'apprête
A célébrer l'union !
Et pour embellir la fête
Faisons ronfler le canon ;
Que le plaisir nous rassemble
Sous l'étendard de nos lys !
Et d'accord chantons ensemble : } *bis.*
VIVE LE BON ROI LOUIS !

A LA PROVIDENCE.

Suprême Arbitre du destin !
Oui, tu m'as toujours paru sage....
Tu fis mon cœur pour le chagrin,
Mais tu lui donnas le courage.....
L'homme de bien verse des pleurs,
Et dans l'infortune on l'oublie.
Le méchant jouit des honneurs ;
C'est au méchant qu'on porte envie.
A l'aspect de tous ses malheurs,
L'univers entier se récrie :
Eh! pourquoi plaindre la vertu ?
Elle-même est sa récompense.
Socrate pardonne à l'offense ;
Il meurt, et n'est point abattu.
Cromwel mourut dans les alarmes,
Ses remords furent ses bourreaux.
Que de trônes baignés de larmes !
Sous les chaumières, quel repos !
La beauté sage est indigente,
Qu'importe? si peu lui suffit....
Le vice la voit, il rougit :
On la respecte.... Elle est contente.
Il est des nymphes opulentes,
Mais, hélas! on sait à quel prix !
Cet or, qui les rend si brillantes,
Devient le signal du mépris.

Oui , devant toi , je le confesse ,
Oui, j'ai pitié même d'un Grand ,
Qui n'est connu que par son rang ,
Et j'ai honte de sa noblesse.
Quant aux parvenus insolens ,
La poudre obscure qui les couvre
Empêche que je ne découvre
Si ce sont eux , ou bien leurs gens.
L'ame basse qui calomnie ,
Jamais ne troublera mon sort ;
J'insulte en paix à son effort :
Par sa bassesse elle est punie.
Lorsque bien fiers de nous trahir ,
Des fats que la mode encourage ,
Se font un barbare plaisir
D'afficher l'audace et l'outrage ,
Je dis : Ces géans de notre âge
Seront des nains pour l'avenir.

Enfin , sublime Providence !
Qu'à ton gré ce globe ait son cours !
Mais réserve pour l'innocence
L'amitié tendre , les amours ,
Et le trésor de l'espérance....
Je te remercîrai toujours.

Cette Pièce a été cédée à l'Auteur , par Madame de ★★★

TABLE

DES PIÈCES DE POÉSIES.

FIN.

www.ingramcontent.com/pod-product-compliance
Lightning Source LLC
Chambersburg PA
CBHW072258210626
46818CB00017B/1422